의심하세요

교유서가 시집 007

김박은경 ———

의심하세요

교유서가

시인의 말

———

　물푸레나무로 만든 의자에 앉아 이 글을 씁니다. 북유럽신화에서는 우주수로, 누군가에게는 회초리로 쓰인다는 이 나무는 어디에서 마지막을 살았을까요. 시집이 나올 무렵이면 동종의 나무마다 꽃을 피우겠지요. 이팝과 닮아 흔들리는 꽃송이를 몇 번이고 들여다볼 겁니다. 의심하면 곰곰이 바라보게 됩니다. 의심 없는 믿음은 허약한 것. 튼튼하게 믿고 싶어 기지의 것들을 의심합니다. 왁자한 말을, 어마한 사랑을, 만일의 믿음을 의심합니다. 기어이 의심까지 의심할 수도 있겠습니다. 그러다보면 텅 빈 종이만 남을 텐데요. 이것이 마지막일까요.

———

차
례

3부 | 슬픔 없이 슬픔을 이야기하는 사람은 슬픈 걸까

4부 | 당신의 비치는 누구입니까 어디입니까

1부

의지가 있으면
의자가 생길까

의지의 의자

———

의지가 없다고 말한다 사실 의자가 없는 것뿐인데 의지가 있으면 의자가 생길까 절대적으로 부족한 게 의지일까 의자일까 소유격이 사라지면 무례해질 수 있으니 서로 조심해야지 하나의 의자에 여러 의지가 앉을 수 있나 없나 하나의 의지가 조금씩 양보해서 나누는 건 어떨까 그런 생각은 의자에 앉아야 비로소 떠오르는 것, 그러나 의자에 앉은 의지는 하나씩의 이름을 갖게 되는데 이름으로 불러주는 게 흡족해 여타의 의지에 대해 고민할 이유가 없다 최후의 의자까지 얼마나 남았습니까 의자에 앉은 자들은 의자에 대해서만 궁금해하고 광장에 널브러진 의지는 매질도 없이 끝없이 불타오른다

———

윤활하는 견습

기다려, 너는 말한다
너의 개는 기다린다

기다려!라고 말하면서
손바닥을 펴보이고
움직이지 않으면
칭찬하며 간식을 줘
시간과 거리를 늘리고
환경을 바꿔가며 언제나
동일 명령으로

지금은
하라는 걸까
하지 말라는 걸까
칭찬도 간식도 없이
생기 도는 말도 없이
작은 개처럼 눈치보면서
묶인 줄 안에서 무심히
진퇴를 반복하는 것이다

주인은 끝까지 어디 있지
명령은 무엇일까 질문하다가
리드줄을 찾아 두리번거리다가

없는 줄이 끊어지는 듯도 하겠지
아무도 없고 아무 소리도 없어서
아무래도 이건 아닌 것 같다고
뭐라도 해보는 게 마땅하다고
미지의 불안을 향해 걸어들어가는
사람의 방심이야 없겠지만
아슬아슬한 경계를 향해 한 걸음
두 걸음 즈음 툭, 떨어지는
푸른 칼날

바로 그 순간
안전제일의 구호는 울려퍼지고
젖은 무대 뒤편에
검은 크림 같은 것이
고요히 부풀어오른다

달콤하다고 말하는
이상한 빵들이 되풀이되는 동안

제기 위에는
당과 허기를 채워줄
다디단 것 몇 가지

눈 감은 채 우리는
무한히 기다리고

경사도

―――

빠르게 목을 비튼다

순간의 시작이라는 듯
전체가 매달려 있다

그곳으로부터 기울기 시작한다
탁자가 소파가 베란다가 현관이
그 방향으로 기울어지고 있다
고개를 옆으로 하고서
본 적 없는 곳을 향하고 있다

죽어가잖아,
그런 말은 하고 싶지 않다
그런 말은 안 된다

기울어진 세계를 지탱하는 것은
가장 약해진 부분 그것은
가장 찬란했던 것

―――

자꾸 부르면 기대고 싶어서
줄기에 줄기를 얹고 싶어서
살고 싶어서 뒤엉키게 된다

어떤 포옹은 면벽 같아서
두 팔이 툭 떨어지고

부질없이 물을 갈아주는 일은
늦어버린 고백 같다

입안에 고이는 말은
어디에도 닿지 않는다

손을 씻고 밥을 안친다

데친 나물은 죽은 꽃대 같아
질기고 쓴 것을 씹으며
조금 더 기울어지는
저녁

구부정한 시

———

볼테르는 연인의 벌거벗은 등을
책상으로 삼았다지

여인은 무슨 생각을 했을까
달콤한 후회라고 쓰디쓴 모욕이라고,
무언가 차오르는 충만이라도 있었을까

무엇을 썼어요, 물으면
누기(漏氣) 치는 종이 위로
어지러운 요철들을 더듬더듬

너를 위해서 쓴 시야,
거짓말은 사랑스러웠을까

바보 같고 아름다운 오후
햇살은 바람은 야생화 향기는
커튼 사이로 스며들고

얼굴 없는 표정은

———

구부정한 등 뒤에
구부정한 등 위에

시간은 기억은 구술은
하염없이 무거워져서
펼 수 없게 되겠지

앞으로 걸어나갈 때마다
세계는 등 뒤로 밀려나고

돌아볼 수 있었던 것은
돌아볼 수 없게 될 텐데

실제를 통과하는 장면들이
환시처럼 펼쳐질 텐데

등 뒤는 가깝다기보다는
멀다기보다는 거의

무한의 기분

가만히 좀 있어봐,
그의 등에 종이를 대고
이 시를 쓴다

떠오르는 발

전철역 계단을 오르자
양동이들이 줄지어 있다

맑은 빗방울이
말도 안 되게 고여든다

스스로 굴러떨어지는 물방울이
콘크리트를 벌리고 파고든다

비는
위에서부터 내려오는데
얼마나 위라는 건지
절대 알 수 없겠지

그러니까
이곳에 천창이 있었구나

지상으로 열리는 수직의 통로라니
한 번도 올려다보지 않았다

고개를 돌릴 수 없는 물고기처럼
앞이라고 여겨지는 방향을 따라
무수의 시간을 되풀이했다

오늘은 비가 오는군

나는 어디에서 떨어진 걸까

딱딱하게 굳어버린
미지를 벌리고 파고들면
도달할 수 있을까

발이 지상에서
수막만큼 떠오른다

조심은 마음을 잡는 일

출근하다가 앉은 채로
죽은 사람 이야기를 들었다
마지막 역까지 달렸다고 한다

죽는 것과 잠드는 것은 다를까
죽은 다음에도 잠이 올까
죽으면 잠도 죽는 걸까

계단을 오른다
계단을 조심하며

사람을 조심하며
사람을 사랑하듯

조심할수록 이상해지는데
조심해도 다칠 수 있다

조심은
마음을 잡는 일,

그러니까 계단도 사랑도
마음에 관한 일이라서
보이지도 만질 수도 없어서

불시에
시커멓게 열리는
공동 같을 때가 있다

바닥까지는
얼마나 가야 하나

소파

버려진 붉은 소파를 보았다 어디서 영업을 끝냈는지
저마다의 요철을 맞추며 최소의 공간만 남기려고 최선을
다하는데 인조 벨벳은 함부로 눌려서 만신창이 꿈이라
도 되는 듯 녹아 뭉개진 자리마다 무엇이 얼마나 뜨거웠
기에 버틸 수 없이 무거웠기에

소파(搔爬)는 긁을 소에 긁을 파를 쓴다 온통 빗살무
늬로 가득해 드문드문 운명이 내다보이는데 거기 앉아
서 긁고 또 긁고 우연한 절정까지는 바라지도 않았을 텐
데 텅 비어 아무것도 없다고 두 번 다시 불가능하다고
빙글빙글 피어오르는 연기를 따라 무연해지는 일이라고

슬픔이 뭔지도 모르고 아픔이 뭔지도 모르고 반드시
가벼워졌겠구나 마취가 덜 풀려 어지러운 채 울렁울렁
꽃향기를 맡으며 주저앉아 울고 싶은 마음 대신 국밥 먹
으러 간다

미제레레 노비스[*]

짭짭 소리를 내며 핥는다 쭈글거리는 목덜미와 축 처진 유두와 닳고 닳은 성기를 덜렁거리면서 기어다니다가 고개를 뒤로 젖힌 채 발작하듯 짖는 소리를 들으면서 여자는 생각한다 바닥에 떨어진 타원형 씨앗 그 속에 그것의 무한이 있다면 접시 위에는 과일칼 칼등에는 미키 마우스 그거면 충분하다고 그러니까 내 속에 씨앗이 있다면 그게 남아 있다면 아무래도 깊은 게 낫겠지 단번에 파고드는 게 좋겠지 망설이지 않는다 두려워하지 않는다 떠는 오른손을 떠는 왼손이 꽉 잡고 놓지 않는다면 우리를 불쌍히 여기소서, 걸음마다 끈적거릴까 달콤한 비린내가 아니 비릿한 단내가 나는 손은 씻지 않을 테다 기억하기 위해 잊지 않기 위해 폴리스라인을 뚫고 드러난 비대칭의 얼룩들은 범인의 습관과 심리와 배후 등에 대해 속속들이 아는 듯이 떠들겠지 원한인지 충동인지 따지겠지 비명 속 배경은 무슨 색이더라 엔딩 장면은 뭐가 좋을까 남자는 이에 뭔가 낀 듯 칫칫 소리를 내며 히죽히죽 웃는다 비틀거리며 구겨진 검은 바지를 털어 입고 더러운 양말에 뒤축이 무너진 신발을 신는다 여자는 흰 장갑을 끼고 칼자루를 힘껏 쥔다 라인 안에서 일어나는 일을

라인 밖에서는 이해할 수 없다 선과 선이 얽힌 폐곡선의
내부에서 결말을 향해 한 걸음

---

* Miserere nobis. '우리에게 자비를 베푸소서'를 뜻하는 라틴
어입니다.

아케이드의 부분

―――

　걸어가는 사람들 웃는 얼굴들 누군가 기다리고 만나
고 손을 흔들고 음식점으로 들어가고 나가는 사람들 오
늘은 말야 내가 글쎄 아니 그런데 느낌이 들더라 말도
마 그런 일이 다 있더라 뭐라고 말도 안 돼 듣지 않으며
말하는 두 사람이 네 사람이 여섯 사람이 지나가도록 분
수의 물줄기는 뛰어내리고 누군가 뛰어내리고 누군가
과거를 묻고 누군가 미래를 묻고 별들은 무람히 돌고
효과 좋은 약이 돌고 새로운 병이 돌고 나라꼴이 이게
뭐냐고 머리에 오방색 띠를 두른 자들이 꼬리에 꼬리를
물며 돌고 혁명은 더러운 접시로부터 접시를 핥는 개들
로부터 방금 순산한 누군가의 소식을 누군가 듣고 누군
가 축하하며 돌아서는 아케이드 화장실에는 버려진 테
스트기의 붉은 줄 두 개, 아까 구토하는 어린 소녀를 보
았는데

―――

중얼거렸다

———

문상하러 갔다 검은 이름 밑으로 누군가 웃으며 아는 척했다 누군가 울며 아는 척했다 모두 모르는 사람 같은데 누군가의 누군가라면 아는 사람일 수도 있으니 손을 마주잡고 등을 두드려주었다

누군가 길어진 얼굴을 하고는 꼭 식사하고 가라고 당부했다 이미 먹은 저녁을 다시 먹기 위해 아니 또 먹기 위해 땀을 흘리며 꾸역꾸역 삼키는 누군가를 바라보았다 다시 먹는 것과 또 먹는 것은 전혀 다른 것이라고 누군가 중얼거렸다

그렇게 사느니 가는 게 낫다고, 그걸 원했을 거라 했다 그럴 리가, 누군가 중얼거렸다 소란스럽게 달려들어와 우는 소리가 났다 아마도 무관한 사람이라 했다 그저 제 슬픔에 겨운 것이라 했다 죽음과 무관한 사람이 여기 어딨냐고 누군가 중얼거렸다

구석 테이블에서 아기가 몸을 뒤집는 영상을 구경하고 있다 이미 몇 번이나 함께 본 기분, 박수치고 환호하다

———

가 애도를 기억해내는 사람들 머리 위로 등이 껌뻑거린다 갑자기 이상하게 춥다 카디건을 꺼내 입는 사람도 있다 그 아이를 보려고 왔어, 누군가 중얼거렸다

그사이 아이는 기어서 걸어서 뛰어서 영상 밖으로 나가고 이곳의 입실은 오늘 오전 열시, 퇴실이라는 말은 사용하지 않는다 아이 얼굴이 영정사진과 닮은 것 같고 영정사진이 내 얼굴과 닮은 것 같아 돌아보는데 네 얼굴 맞아, 누군가 중얼거렸다

소유격

느리게 당신을 반복해, 잘 알고 싶기 때문이야 더 연
습하면 될까 모르겠어 어려워 그만두고 싶다고 말하면
계단식으로 점진적으로 조금씩 좋아질 거라고 구분조
차 사라질 거라고 꼭대기에 오르면 이국의 말로 꿈까지
꾸게 될 거라고 하지 공부에는 명확한 목적이 필요하다
는데 그게 뭐지 당신을 정확히 알게 되면 무엇이 달라질
까 그때쯤이면 오직 나의 오직 나만의, 아름다운 소유격
이 완성될까 허공의 하울링 속에 당신의 약간은 깃들어
있을까 믿을 수 없는 말일수록 자꾸 믿고 싶어져 자, 정
신 차리고 다시 읽어보세요 성조가 그게 아니죠 연음에
주의하면서 한 번 더 뜻도 모르면서 당신을 더듬더듬 읽
고 있어 최선을 다하는 태도로 그런데 정말 언젠가 갑자
기 이해하게 될까 접어둔 귀가 많은 당신은 갈피갈피 낯
설고 이상해 도무지 알 수가 없어 그럴수록 진심을 다해
공부하세요 다음주엔 시험을 봅니다 당신은 함정투성
이 문제가 많은 문제, 얼어붙었다가 뜨거워졌다가 몇 번
이고 투쟁하듯 책상에 앉아 버티던 나는 당신을 힘껏 던
져버리네 떨어진 책을 탁탁 털어 펼치면 다시 완벽한 당
신의 세계 그 속에 숨겨진 오해를 이해할 수 있을 때까지

부단히 연습을

내가 그따위라는 것

곰팡이는 꽃을 피우고 벌레들은 번성한다 집 한 채를
무너뜨릴 듯 썩은 것은 더욱 썩고 상한 것은 더욱 상하
고 망한 것들은 더욱 망해버리는 가속은 속수무책의 힘,
그따위 인간과 상종하면 너도 그렇게 되는 거야 나는 그
따위가 궁금해서 그따위 인간과 통하다가 알게 된다 바
로 내가 그따위라는 것을, 변화를 위해서는 혁명이 필요
한데 모르는 것은 구할 수 없다 파면을 하면 될까 주객
은 전도되고 누가 광장에 앉아 있는지 거기 숨어 있는지
나는 어디쯤인지 물에 잠긴 광장은 어디가 끝인지 검은
호수 위 현수막은 출렁출렁 호수가 아니라는 듯 광장이
아니라는 듯 현수막이 아니라는 듯 어지러워 돌아보니
더 자를 꼬리가 없어 상처는 덧나고 약한 곳은 병이 되
고 비는 멈추지 않는다

2부

미세야말로
모두에게 도래할
궁극적 미래 아닙니까

어번 베어, 베어 도그*

———

어번 베어가 도시의 곰이라면
구체적인 곰은 차를 몰고 차를 마시며
관광하고 음미할 수도 있겠다

베어 도그는 곰의 개,
도심의 곰의 개라고 해주자

곰 곁을 지키며
곰이 짖어, 하면 짖고
물어, 하면 물면서

곰이 던지는 공을 향해
미칠 듯이 달려가 날아가
즐거이 물고 오면 좋잖아

그러나 불곰은
신문 배달 남성을 습격하여
풀숲까지 물고 갔고

———

반달가슴곰은
기타카미시 민가를 침입,
노인을 살해했다

베어 도그는
곰 무서운 줄 모르는
짐승이 되어야 했는데
인간을 지키기로 했는데
무용해진다

베어는 무겁고
무거운 건 무섭고
애써도 곰처럼
무서워질 수 없기 때문

대신 우리가 훈련한다
반달가슴곰의 탈을 쓰고
총을 드는 방식으로

곰의 탈을 쓴 사람은
사람의 탈을 쓴 곰이거나
곰의 탈을 쓴 개일 수 있지만

이족 보행을 하면서
구어체를 익히면서

총을 쏘거나 맞거나
우연한 불운에 이르도록

살아남기 위해
저마다 최선을 다한다

그사이 숲도
곰처럼 무겁게
개처럼 명랑하게
쑥쑥 커야지

* 어번 베어(urban bear)는 산에서 내려와 도심을 배회하는 곰을, 베어 도그(bear dog)는 곰을 쫓는 목적으로 키우는 맹견류를 말합니다.

적당한 삶

———

적당히 벌어 적당히 먹고
적당히 기뻐하고 적당히 근심하고
적당히 승리하고 적당히 실패하고
적당히 늙어서 적당히 앓다가
적당히 죽는 게 가장
적당한 삶이라고

적당한 것만 가능하다고
나는 다섯 개의 돌을 미리
던져놓은 것일 수도 있다

검은 외눈들이 번들거리는
이 밤, 더 무거워진 걸음으로
거대한 쇼핑몰 앞에 선다

사람들 사이에서 빌딩들 사이에서
이 지점은 묘하게 오목해 보인다
도착한 것 같고 안전한 것 같다

———

얼마나 많은 걸음들이 헤맸는지
포석은 지쳐 누운 사람 같다
표정이 다 지워졌다
상처들이 보인다
금은 밟지 않는다
잘려나간 곳은 밟지 않는다

그렇게 걸어도 몇 번이고
숨겨진 낭하라도 있다는 듯
까마득히 떨어지기도 하면서
나뒹구는 날들이지만

부서진 자리마다
부지런히 단장되겠지
다시 걸어갈 길이 열리겠지

이곳에는 분명
구체적 감각이 있다

얼기설기 어지럽고 분절되고
고단해 힘에 겨워 막막한 시간들이
무효가 아니라고 무위가 아니라고
무언가 될 수 있다고 증명하는 것 같다

만일 이 세상이
그저 한 판의 난장이라면
영원과 불멸의 물줄기가 아니
차갑고 축축한 기운 같은 것이
깊은 지층 어디든 허명 속이든
끝끝내 남겨지는 것이라면
그것이 오목한 중심을
지탱하는 힘이라면

되풀이되는 불운이야말로
돌을 바로 놓고 싶어하는
악착같은 숨 아닐까

한 걸음씩만 집중하면서

———

마지막 돌은 잊어버리자

이게 아니라도 좋아
이게 전부라도 좋아

숨겨둔 돌 같은 건 던져버리고
운명을 향해 텅 빈 두 손을
힘껏 흔든다

미세주의보

미세한 것은 좋지 않습니까
먼지보다 작아서 보이지 않습니까

음성처럼 달라붙어 스며듭니까
은밀한 전조일 수 있습니까

무엇이 무엇에게 그러나
나쁜 것이 정말 나쁜지
확신할 수 있습니까

미세야말로
모두에게 도래할
궁극적 미래 아닙니까

미래에게 좋은 것이 결국
좋은 것 아니냐고 말한다면
보채는 사람 같습니까

미세가 더욱 미세하여

궤도조차 희미해진다면

기원을 기억하는 자들이
거짓말처럼 사라진다면

단단한 환영들이
다 무슨 소용입니까

미세한 물질을 중심으로
흰빛의 무리가 몰려드는 정오

미세한 것으로부터
미세한 것을 향해

언젠가 있었다고
몹시 사랑했다고

그래서 괜찮다고
그래도 괜찮다고

완결을 기다리는 일은
지겹다고 말하지만

알잖아요,
죽음은 보채지 않아요

창밖으로 붉은 풍선이
멈칫멈칫 날아갑니다

식사에의 초대

갈랑갈 뿌리를 골라 들고
가릉빈가를 생각한다

그것은
껍질을 깨기 전부터
아름답고 묘한 소리를 낸다던데

갈랑갈은 생강처럼 생겨서
따뜻하다는 의미를 갖는다
순순히 몸을 덥혀주겠구나

속이 따뜻해지면
마음이 풀리면서
음성도 풀리겠지

아름다운 목소리로
특별한 이야기를
해줄지도 모른다

가릉빈가가 볕에 앉아
갈랑갈 뿌리를 먹는다면
날갯짓이 가벼워지겠지

사람 형상의 상반신이
입맛을 다시기도 할까

절반이 사람이고 절반이 새라면
사람이기도 하고 새이기도 하고
사람이 아니기도 하고 새가 아니기도 한 채

절반만 살아 있는 하루
절반만 하는 고백

그런 건
아무것도 아니거나
모든 것이라 할 수 있을 텐데

기록적인 추위라는 날,

———

늘 몸이 찬 사람 생각하며
천천히 오래 끓이는 음식은
시원의 시간까지 우러나오고
그만큼 높이 가겠지

기도는
더 따뜻한 것,
우르르 끓어오르기까지
조금만 기다려요

홀인원

———

맨홀에 빠진 사람이
사라졌다는 뉴스를 들을 때쯤
그는 그곳에 없다

얼마나 어두웠기에 눈을 부릅뜨고 있습니까
무엇을 잡으려고 손톱이 다 부러졌습니까

맨홀은 사람을 위한 구멍일 텐데
사람을 삼켜버리는 구멍이라면
그냥 홀, 아닙니까

변함없이 둥글고 단단한
강철 뚜껑을 징검징검 밟으며
안전한 세상에 즐거워했지

뚜껑 아래에 대해서는
모르는 편이 낫다고

그러나

———

멈춰 서서 귀기울이면
마지막 말은 그저 발성일 수도
그조차 남기지 못한 침묵일 수도

비가 내리면 맨홀 뚜껑은
반짝거리는 검정 동그라미,
동그라미 동그라미들

그 밑으로 이어지는 칠흑은
상상할 필요도 없다는 듯

그것은 입구 같고 출구 같고
무수히 열려 있는 식도 같고
채울 수 없는 허기 같아서

별이 무슨 뜻이었지
다시 볼 수 없는
환함을 그리는 마음은

순식간에 불가능해지겠지

묻습니다,
무엇을 보았습니까

대답할 수 없어서 오른손으로 왼손을
왼손으로 입을 지워버릴 적에
겹쳐지는 열 개의 손가락

약속을 하고 감싸안던 어느 날의
모든 손들이 언제까지 선명합니까

맨홀 뚜껑 위에 발을 내리고 있습니까
한 손을 흔들며 웃으며 잘 다녀올게,
그 인사를 하고 있습니까

거기 누구 있습니까 소리치면
돌아오는 것은 나의 목소리,
어느 구멍에 빠진 걸까요

———

구멍마다 놓인 정갈한 해골
살점이 사라진 종말의

일상이 일생이 될 때까지

———

가장자리는 붉고 숫자판은 금빛이다 시침과 분침도
금빛, 열두 개의 똑같은 막대 표식이다 몇 시인지 네가
정하라는 듯 그런 건 중요하지 않다는 듯

태엽은 시계 반대 방향으로 감아주면 된다 하루 두 번
그러나 한 번은 늘 잊어버려서 놀라 급히 감아준다 뭔가
딸칵, 걸릴 때까지 돌리면 돌아간다 단 하나의 중심을
따라

안녕, 잘 다녀와 흔드는 손을 지탱하는 팔목을 따라
돌아가고 돌아오는 해와 달을 따라 걸음걸음 이어지는
촘촘한 실밥이 이어질 때 반복되는 숨과 숨을 따라

조금 멀거나 돌아가거나 한참 헤매기도 하지만 다녀
왔습니다, 현관 풍경이 울리면 꿈에서도 안심하는데 쨍
깍쨍각 그 소리를 들으며 살아 있다는 것을 확인하는데

정반대 방향으로 우리는 나아간다 일상이 일생이 될
때까지 시계는 저만의 시간을 나는 나만의 시간을 그러

———

나 자고 일어나면 뭉텅, 잘려나간 시간의 더미 속에서

　시곗바늘은 못하는 것이 없겠지 부푼 것들마다 칼집
을 내겠지 부지런히 이어나간 실밥을 툭, 끊어버리겠지
부풀어 높이 날아오르던 어린 새들이 소리 없이 고꾸라
진다

추락하는 거야? 날아가는 거야?

상한 일부가 전부가 되다니
사랑이라는 듯 구는구나

말랑말랑해지다가
물컹물컹해지다가

손가락 하나
팔목 하나

기어이 온몸이 영혼이
모든 생의 가능성이

푹 꺼질 정도로
거대한 구멍이 된다

추락하는 거야?
날아가는 거야?

귤 한 알이 아직

내 손안에 있다

귤이 균이 되는 동안
조금씩 부드러워지다가
죽처럼 변해서 뚝뚝
흘러내릴 텐데

부분적으로는
손 바깥에 있다가
완전히 바깥이 될 텐데

나의 일부가 되도록
성급히 꿀떡 삼킨다

귤은 내가 되었다
균은 내가 되었다

여기 거대한 귤 하나
여기 거대한 균 하나

개봉관에서

———

다섯 사람
남녀가 두 팀,
혼자 온 남자가 하나

네 사람이
한 사람을 몰래
자꾸 쳐다보고 있다

우리는 바른손으로
아니 그 손 아니라니까 등짝을 맞으며
가위 하나만 해도 얼마나 불편해지겠냐고
강조하던 충만한 믿음들

믿음엔 의심이 있어야 하는데
의심은 왼손잡이 같은 것

포기하는 게 좋을 거라고
우는 엄마 아빠를 위해
손을 감추기 시작했지

———

언니, 나랑 사귈래 묻던
아이는 갑자기 연락이 끊겼다
내가 무슨 말을 했더라

대답은 할 수 있지만
답은 없는 거잖아
알잖아

사랑한다는 사실은
변하지 않아

제레미는 사랑했을까
신부님은 사랑했을까

"그는 여러분을 사랑합니다.
사랑은 영원하니까요.
잊지 맙시다."*

그러나 고해소에도
거짓말은 있고

어디선가
그 말을 받아적는
왼손이 있을 것 같다

---

* 영화 〈미세리코르디아〉 속 신부님의 대사입니다.

백상지

당신은 왜
앞뒤가 다르냐고
화가 나서 묻는 사람인가요

앞을 바라볼 때마다
뒤는 사라질 텐데

뒤에 뒤가 있다고 생각한다면
믿음을 잃지 않은 사람인가요

발모 모발 비상 상비
감정 정감 중심 심중
당황 황당 전생 생전,

이런 놀이는
열병식 같아요
졸고 말 테야

반대가 반대가 되려면

정확한 반대가 필요할 텐데
한없이 헤맬 수도 있을 텐데

당신은 앞과 뒤를
똑같이 사랑할 수 있나요

둘 중 하나를 몹시
사랑하거나 증오하여
차라리 외면하고 싶나요

울고 잊어버리고
잊어버리고 다시 운다면

앞에는 아무것도 보이지 않고
뒤에 남은 것은 믿고 싶지 않다면

희디흰 종이 한 장,

남은 것이라고는

그게 전부라면

쿠키맨

———

무표정을 참지 못한다면
이목구비를 붙여주겠습니까
향하고 웃는 얼굴에
윙크를 그려주어도 좋아요
원한다면 가슴도 배꼽도
슬개골과 복숭아뼈도
나쁘지 않겠습니다
나비넥타이와 동색의
버튼도 잊지 않았겠지요

따스하고 달콤하다면
사랑과 다르지 않을 텐데

슬플 때 오히려 웃는 습관이라니
다정해서 상처받는 사람이군요

자, 머리를 먼저 드시겠습니까
오른팔 아니면 왼다리를

———

심장은 남겨줄 수 있습니까

먹을 수는 있습니까
먹일 수는 없습니까

반드시 툭, 부러지는
메리 크리스마스를 향해
준비해둔 반죽이 부드럽게
부풀어오르는 밤

부스러기를 흘리는 것과
눈물을 흘리는 것은 다릅니까

박살난 쿠키맨을 들고 가는
쿠키맨을 보셨습니까

달콤한 생의 아이들

———

비밀이 보이니 바닥이 보이니 악취는 말고 담배 연기는 말고 두 번 세 번 쓰게 되는 주사기는 말고 바늘자국 가득한 껍데기는 말고 구멍은 말고 눈동자는 말고 소문은 말고 문은 잘 잠가야지 틈마다 반드시 채워야지 중심은 뭉툭해진다 뭉개진다 희미해진다, 괜찮니 괜찮지 괜찮을 거야 한 번 더 믿어보자 해보자 여간해선 끝나지 않는다 쉽게 바뀌지 않는다 한 방향을 따라 눈을 감는다 울지 않는다 웃지 않는다 표정을 버린다, 형체 없는 손 알아들을 수 없는 음성 희부연 빛을 따라 다디단 얼룩을 따라 개미들이 줄을 잇지만 그래도 귀를 기울여 들리니 들리지, 살자 어떻게든

———

천개(天蓋)

———

은회색 빛무리가 손등에 어린다 당신인가 플루메리아
흰 꽃이 내려앉는다 당신인가 남중국해의 해가 지며 주
홍 얼룩이 번진다 당신인가 산호색 도마뱀붙이가 멈추어
나를 본다 당신인가, 순간마다 기척마다 기울어진다

공항까지 십 분, 택시에서 흐르는 노래는 〈You Are
Not Alone〉, 정말로 당신인가 내게 남기는 당부인가

그 뺨에 뺨을 얹고 시린 이마에 손을 얹고 안고 영영
의 인사 하고 하나 둘 셋 식순대로 당신의 최종이 날아
오를 때 여린 바람이 흩어질 때 구멍마다 커다란 입이 되
어 빨아들이며 나는 생각한다 이 성체를 단번에 삼킬까
요 꼭꼭 씹어서 삼킬까요 침에 녹여가며 천천히 삼킬까
요 어떻게 해야 조금도 놓치지 않을 수 있을까요

당신은 무이네 사구의 모래알보다 곱고 뜨끈하고 습
하고 형상의 기억을 따라 다시 뭉치려고 안으려고 품으
려고 하네 맛은, 맛은 어떻지 끝까지 졸아들었으니 짜디
짜다고 할까 부딪히고 넘어지고 찢어지고 부러지느라 멍

———

투성이 상처투성이 어떻게든 버티느라 울컥 비리다고
할까 화염과 재를 고스란히 통과하였으니 쓰디쓰다고
할까

　당신의 붙이들이 모여든다 붙이들은 모여든다 달라붙
었다가 떨어지고 안아주고 등을 쓰다듬어주고 그래그래
이해하고 용서하며 돌아오고 더욱 돌아오며 무슨 말을
되풀이한다 그것은 꽃이거나 향이거나 초 같은 것, 속절
없이 말라비틀어지기 시작하는 잎사귀와 꽃잎의 가장자
리 너머 재 위로 재가 쌓이고 촛농 위로 촛농이 쌓이고
마치 열매처럼 부풀어오르도록 몇 번이고

　다들 제 속의 것으로 버틴다 제 속의 다짐 제 속의 믿
음 제 속의 기도 너머 제 속의 피와 살과 뼈와 숨으로 하
나 둘 셋 소진하면 끝이 날 텐데

　당신이 죽자 나도 죽어버렸고 내가 죽어버려서 당신은
더욱 죽었으니 우리라는 붙이들의 죽음은 줄줄이 이어
져 켜켜이 쌓이겠지 이윽고 눈이 없고 귀가 없고 코가 없

고 혀가 없고 몸이 없고 생각이 없어서 무슨 현상이랄 것
도 없겠지* 누가 나를 향해 소리치는데 입을 벌렸다 닫
았다 어지러운 소란인데 뭐라고요, 무슨 말인지 모르겠
어요 순서가 엉킨다 체액이 엉긴다 손끝이 도마뱀처럼
부풀어오른다 아뜩한 시공간쯤에 달라붙었는데 떼는 법
을 모르겠다 끝까지 알 수 없을지도 모른다

　당신은 단정한 얼굴 무심한 얼굴 이상한 얼굴 타인의
얼굴 이토록 편안해 보이는 게 얼마 만인가요 살짝 벌린
입을 향해 귀를 기울인다 당신이 마침내 알아낸 것을 향
해 어떻게든 일러주고 싶을 어떤 것을 향해 그러나 모르
겠다 끝까지 알 수 없을지도 모른다

　희푸른 입술 사이로 구름조각 같은 것이 모래더미 같
은 것이 솜사탕 같은 것이 아니 마우스피스 같은 것이
담겨 있다 단 한 번의 결전이 남았다는 듯이 결말은 잘
알고 있다는 듯이 눈꺼풀은 미동도 없다

　좁고 긴 링 위에는 누군가 던져둔 색색의 꽃송이들 그

위로 당신 위로 천개(天蓋)가 덮힌다, 온통 캄캄하다

* 『반야심경』의 "무안이비설신의(無眼耳鼻舌身意) 무색성향미촉법(無色聲香味觸法)"을 차용한 표현입니다.

고양이를 사랑합니까

비 내리는 풀숲을
비척비척 헤매다니는 허기는
죽음을 완성하기에 적합합니까

고양이가 아니라 해도
풀숲이 아니라 해도

불안과 공포와 의심은
무엇도 이길 수 없습니까
예감은 소용없습니까

부드러운 살점을 향해
분주히 날아드는 벌레떼

당신도 머지않아 돌아옵니까

죽은 고양이를 확인하기 위해
죽은 고양이를 사랑하기 위해

기운 밤은 시커먼 물을 흘리고
백당나무꽃을 여는 가지들은
십자 모양으로 높아가는데

고양이를 사랑하는 사람과
죽은 고양이를 사랑하는 사람은
반드시 스쳐지나갑니까

묵례를 하거나
길을 양보하면서

어느 쪽이
어느 쪽인지
분간할 수 없습니까

외눈박이 고양이도
절름발이 고양이도
새끼 밴 고양이도
보이지 않는

밤

의심하세요

——

그거 아니면 죽을 것 같았지
그것을 위해 죽을 수도 있고
죽일 수도 있다고 믿었지

확신하고 싶어 제발

손을 뻗으면
그것과 겹쳐지는데
정확히 느껴지는데
아무것도 없어

맹렬히 날아오르다가
차갑게 굴러떨어지다니

어차피 날개도 없었다고
절정은 각자의 몫이라고
개별적인 오해였다고

날갯죽지에

——

이상한 상처들

믿지, 묻는다면
믿는다고 정말이라고
고개를 끄덕이면서도
의심이 거미줄 친다

의심하는 거니,
더욱더 묻는다면
의심하지 않는다고
고개를 가로저으면서도
의심이 거미줄 친다

치밀해졌어
견고해졌어

의심과 믿음은
어쩌면 같은 종족

의심 없이 믿는다면
믿겠다고 선택한다면

빛으로 지어진
누각 한 채

투명하게 아름답지만
찬탄하고 경외하며
사랑할 수 있지만

발을 딛는 순간
추락할 거야

빈 벽에
빛이 춤춘다

3부

슬픔 없이
슬픔을 이야기하는 사람은
슬픈 걸까

러브버그 하우스

드높이도 날아오르네
허기도 졸음도 이기다니
파트너가 마음에 드니
그게 그렇게 좋으니

이곳에 살아 있는 건
너희들뿐이구나

재개발을 기다리는
텅 빈 마당 빨랫줄 위로
가득히 떠오를 지경이야

다들 그거라고만 말한다
당연히 알고 있다는 듯
은근하게 놀리듯
어쩐지 비밀이라는 듯

통과하는 거라고
저지르는 거라고

아름다우면 좋겠지만
꼭 그렇지도 않아서
수없이 많이 했을 텐데
남아 있는 기억이 없어
정말 그랬을까,

체위를 바꾸는 동안
딴생각에 빠져서
끝까지 가지 못할 때
곧잘 몸과 분리된다

다 때가 있는 거라고

재개발은 밀려오는
포클레인 행렬과 함께
벌레들은 알 수 없는
기상 변화에 맞춰
몸을 움직인다

사랑해서 사랑하는 건 가끔,
순정주의자처럼 들리겠지만
가장 매우 아주 정말 같은
징그러운 장식을 달고서

결국 자기 자신과 하게 된다
자신의 내부로 파고든다

"여기가 내 집이야"
더는 헤매지 않아
나의 중심에 설 때

못생겼다고 생각했는데
열병이거나 발작이거나
뜨거워 날아오른 얼굴이
기묘하게 아름답구나

네가 누구든 나를 위해

튼튼하게 밀고 싶어 기지의 것들을 의심합니다

2026 김박은경

내가 누구든 나를 위해

재개발이 끝난 동네에는
아무도 죽지 않은 집이
셀 수 없이 많습니다

순정한 새집
구경 오세요

목숨 같은 거

———

좋아하지는 않는다는 말과
싫어하지는 않는다는 말은 다른가

한 발은 집어넣고 한 발은 내놓은 사람처럼
끝이라면서 몇 번이고 비틀대는 인간처럼
엉킨 혀는 같은 자리를 헤매고 있어

당신도 다르지 않다니
다르지 않다는 말은
같다는 말이니

뭐라고 위로의 말씀을 드려야 할지
뭐라고 설명해야 할지
뭐라고 다짐해야 할지
뭐라고 고백해야 할지
뭐라고 사과해야 할지

뭐라고 뭐라고 뭐라고

———

입속에서 굴리던 말을
드높이 던져본다

박살나서 튀어나가는 조각조각
꿈틀거리는 무진장의 음소들이

달라붙는다 파고든다
뿌리를 내린다 증식한다
그것이 되게 한다

게임이니까
다시 시작할 수 있으니까
목숨 같은 거 걸지 마
알잖아

베이비베이비

———

세상은 아기를 버리네
바로 네가 아니 내가

버렸고 버리겠지 버리고 싶니

변명도 설명도 소용없어질 때
그만해 엄마 제발 사랑해요

이미 죽은 줄도 모르고
이러다가 정말로 죽일 것 같다고

무거워서 무서워서
버리지 않으면
버려지게 될 거라고

어린 여자아이를 욕한다면
내가 아니 네가 바로
그 아이야

———

베이비 박스는 관처럼 닫히고
이상한 초콜릿을 삼킨 기분,
왜 달콤하지 않지

눈 없는 문에 입을
그려넣는다

우리의 가장 큰 비밀이
미래라는 건데

그게
불가능한 꿈에 가깝다면

안녕,
안녕히

잘 부탁해요

녹아버리는 얼굴

―――

냉동실 문을 열다가
떨어지는 붉고 둥근 것에
발등을 찧는다

소분해둔 살점이다
뭔지 모를 것도 있다

대체 무엇이었니, 묻는다면
거슬러올라갈 수도 있겠지

언 것은 녹는다
녹는 것은 망가진다
다시 얼면 차갑고 날카로워
이미 불가능한 것일 수도 있다

일부러 차갑게 구는 게 아니야
살고 싶어서 그래,

알고 있지만

―――

잘 버리지 못하는 사람은
둘러싸려다가 둘러싸이게 된다

내부라고 믿고 싶지만
은밀에 갇힌 채

무엇이 무엇인지 알 수 없는 채로
돌아보면 전부 쓰레기

나가지 않는 게 아니라
나갈 수 없는 것이다

잊어버리는 것은
버리는 것이다

드는 햇살에 얼굴이
녹기 시작한다

여름의 감정

아침이 오기 전에 밤이 오고
밤이 오기 전에 아침이 오고
더욱 사랑하기 위해 우리는
길고 긴 공원을 걷고 있네

잘 익은 망고와 종이 접시
미키 마우스가 그려진 과일칼
꼭지를 중심으로 씨앗
씨앗을 중심으로 살점

앞니로 씨앗을 긁어먹다가
이걸 심으면 망고가 난다는 거지
여기 어디에 심어볼까

나무와 나무 사이 빈터에
너무 얕지도 깊지도 않게
그게 어느 정도인지
가늠하면서 장난처럼

씨앗을 발로 살살 누르면서
잘 자라라 노래하면서 믿으면서
바라면서 증거를 숨기는 범인처럼
망고의 나라를 잊어버리는 거지

먹기도 전에 녹아버리는
마하차녹은 무지개라는 뜻

우리 망고를 사러 오래전에
비행기를 타고 도착하는 거야
시간이 거꾸로 흐르도록
모자를 뒤집어쓰고 일어서면
노란 망고가 초록색으로 빛나고

길고 납작한 씨를 중심으로
부드러운 여름이 차오르는
그것은 행복하다는 믿음

덥지만 재미있었어,

가방을 현관에 던져둔 채
찬물을 벌컥벌컥 마시며
다음 여행을 계획할 때마다

돌아가고 싶지 않아
망고나무 그늘 아래
번성하던 얼굴들이
희미해지는 동안

기념사진을 찍는 이국 공원에는
반드시 낯선 나무가 자라고
금빛 털을 가진 개가
컹컹 짖는 동안

마하차녹은 몇 번이고
다시 또다시 돌아오겠지

조금 다정한 사람

털실을 감아둔 덩어리를
어미라 믿는 원숭이처럼

따스해 보이면 바라보게 되고
바라보면 닿고 싶고 닿으면
매달리게 되겠지

교생실습 갔을 때
곁을 떠나지 않던 아이는
엄마랑 살지 않는다고
비밀이라 했다

그늘이 없어 보이는 건
이미 깊은 그늘 속이라서

짧아진 옷소매
감지 않은 머리카락도
안아줄 수는 있었지만
도망치고 싶었다

나 가짜야
따뜻하지 않아
들킬까 두려웠다

그늘과 그늘이 겹쳐서
완전히 캄캄해질 거야

눈을 감은 채
빛을 상상하자
진짜 따스해지다니

퍼덕거리며 더듬더듬
주고받은 편지로 우리는
무언가 나누었겠지

털실이 심장에 온기를 주듯
애쓰는 다정이 다정을 부추기고
절뚝이는 무엇이 마침내 도착했을까

———

잘못 세탁해 줄어든 스웨터를
힘껏 잡아당기다가 그때
그 아이 생각

색이 빠져나간 스웨터
쑥쑥 자라난 보풀의 숲

다 잘라낼 수 있지만
스웨터가 사라질 것 같아

보풀은 이파리처럼 흔들리고
보풀은 섬모처럼 흔들리고

우리가 나눈 것은 살아 있다는 감각
그것은 보풀을 만드는 일

떨어내고 달아나려 할 때마다
무한히 증식하는 것이 있다

어린 투정이 돌아올 때마다
내게 매달린 것이 아니라
내가 매달린 것이라고

물을 마시고 창을 열며
자꾸 떨어질 것 같을 때마다
느린 심호흡을 하는 동안

밤이 오고 밤이 오면
달을 본다

기도하듯 둥글고 환한 달을
오래 바라보고 있으면
귀퉁이가 늘어나는데

어찌나 세게 매달렸던지
달의 실밥이 툭,
풀어진다

사탕 무덤

펠릭스 곤살레스토레스의 1991년 작품에는 제목이
없다
전시실 한구석에 빛나는 사탕을 쌓아놓은 것이 전부

사탕을 가져가세요
그것은 병들어 죽은 연인입니다

바스락거리는 껍질 속의 단단한 사랑은
먹을수록 작아지다가 사라지는 색색의 사탕은
다 무슨 맛일까

사탕이라고 말하면서 사랑이라고 이해하면서
그것은 달콤해서 당신을 상하게 할 거야
그것을 알고 있다 해도 멈출 수 없을 거야

사탕을 씹고 있는데
왜 뼈를 씹는 기분입니까

가득 쌓인 사탕을 다 먹기도 전에

새로운 사탕을 쌓아둘 수 있지만
사랑은 돌아오지 않는다는 것을

알고 있습니다,
알고 싶지 않습니다

누군가 묻는다면 사탕 같은 사랑 같은 것은
한 번도 본 적도 없다고 말해야지

애인은 조금씩 녹기 시작하고
달라붙은 살점은 끈적거리네

구월은 당신이 태어난 달

이 도시에는
길고 긴 중앙공원이 있지

여름 분수는 꺼지고
가을 나무는 켜지고

바다는 여기서
보이지도 않지만

갈매기들이
피뢰침 위에 십자가 위에
내려앉는 모습을 흔히 보며 살았다

구월은
당신이 태어난 달

구월마다
구월이 다시 오는 일이
우리들의 구원이라서

소금기 많은 갯벌에서도
살아남는 게 있다고
옆으로 누워 기면서
자라는 식물도 있다고

오래달리기할 때
소금 몇 알 입에 넣듯

바람 속에 스며든
짜디짠 기운이 조금은
버티게 해줄 거라고

바다는
영원히 있을 거라고
사라지지 않을 거라고

우리는
손을 잡고

길을 건너고

그리고 그리고 그리고

———

장미와 볼이라면 붉어질까
장미와 밥이라면 느른해질까
장미와 발이라면 부끄러워질까
장미와 벌이라면 오월이 올까
장미와 불이라면 뛰어들까
장미와 별이라면 그리울까
장미와 밤이라면 위태로울까
장미와 뱀이라면 저질러버릴까
장미와 벽이라면 안 보일까
장미와 병이라면 너무 어린 걸까
장미와 방이라면 꿈이었을까

그리고 그리고 그리고

피고 지고 또 피도록
무엇을 그 곁에 놓아줄까

장래 희망은
좋은 비료가 되는 것

———

꽃이 피고 있다

멈출 수 없다

더 하고 싶다

———

해야 하겠지
하는 게 낫겠지
얼마나 더 할 수 있을까

은밀히 닳아빠진 뼈는
첫번째 철교처럼
위태로울지 모른다

다 부수고
다시 지을 수도 있을까
물은 아직 흐르고 있나

팔을 고정시키고 나올 때면
깁스한 사람들만 보인다

병원에는 다정한 사람들
저마다의 불운과 다행이
부풀어오르는 병상을
지날 때면

———

또 오지는 말아야지,
생각하지만

같은 자리의 상처들
약해진 부분을 중심으로
피어나는 다음 그다음 흉터들

잘해보려고 기를 쓰다
기우뚱한 낙하라니

모르는 신에게 안녕을 빌어볼까
귀신이라고 해도 빌어보고 싶어

묶인 팔을 잠시 풀어
두 손을 만든다

까마득한 마음이 재림하여
부재를 존재하게 하였으니

빈터 가득 차오르는
봄날 같은 불빛을 지나

잘 먹고 잘 자고 일어나자
웃으면 더 웃을 수 있어

딱 한 번만 손에 쥘 수 있는
오늘의 기적을 향해
걸어들어간다

무한한 가능의 세계

눈 없는 초록 토끼는
무언가를 향하고 있다

보인다는 듯
듣는다는 듯
느낀다는 듯

털 한 올 없는 몸이
실은 미세한 털로
빼곡하다는 듯

빈틈없이 들어차
가지런하다는 듯

저 토끼를 만들 적에
누군가 진짜 토끼를
오래도록 관찰했겠지

전후좌우 위아래

근육과 뼈대와 핏줄까지
속속들이 궁리했겠지

어떤 자세로 멈춰 서서
바라보고 듣고 느끼는지
알아차리려고 귀를 쫑긋
세워보기도 했겠지

부재하는 초록 토끼가
존재한다면 우리는 그것을
토끼라 부르기로 합의한 것

초록 토끼를 본 적 없어요
그런 주장은 무의미하다,
는 말이 과연 옳은가요

이전에는 없다 해도
이후에는 있을 수 있는
여기에는 없다 해도

———

어딘가 있을 수 있는

무한한 가능의 세계

조금 더 살펴보기 위해
다시 돌아왔을 때

눈먼 초록
토끼는 사라졌다

그 자리엔
진초록 향기가

당신은 다른 나라에 가서 살자고

———

누가 나를 부르는데 둘러보면 아직은 아니다 어지러운 음성들이 뒤섞여 거대한 음향 같은데 이것은 행성이 돌아가는 소리와 닮았을까, 새로 만들어진 광장이라니 방금 귀국한 사람처럼 감탄한다

맨해튼 브로드웨이 7번가를 헤매던 날에 유아차를 끌고 어두워지는 거리에 개는 흔하지만 개와 같은 늑대는 없고 늑대 같은 개는 설핏 보이는 듯도 한데 개와 주인은 어째서 닮아갈까 습관과 운명처럼 반응하는 걸까, 우리는 서로의 개일까 늑대일까

아이는 일어나고 싶어 몸을 뒤치며 안전벨트를 잡아당긴다 언제까지나 보호하고 싶지만 답답해하겠지 가두지 말라고 소리치겠지 허투루 묶인 끈 안의 걸음을 견딜 수 없어 하는 당신처럼

반짝거리는 샌들이 오리 울음소리를 낼 때마다 큰 개는 아이를 향해 달려들 기세다 서둘러 아이 앞에 선다 두 개의 그림자가 세 개의 그림자가 개보다 우뚝 커다랗

———

게 자라는 그림자가 개 따위가 넘볼 수 없는 거대한 그림자가 대항한다

언제고 미지는 다시 위협하겠지 다리는 후들거리겠지 그래도 괜찮아, 괜찮다 아이를 들어 안는다 가자, 렌트한 집으로 기한이 다 되면 미래의 집으로

당신은 다른 나라에 가서 살자 했지만 나는 아는 나라에서 살고 싶어 우리의 보폭은 좀처럼 좁혀지지 않는다 다르다면 뭐가 얼마나 다르겠어, 말하면 그는 늑대처럼 먼 곳을 향해 울 것 같아 다음 말을 삼킬 때의 나는 개와 늑대 사이에서 개와 오리 사이에서 휘청거린다

그리고 다시 부엉이가

———

불행을 많이 겪어서 불행이 아무렇지도 않은 사람은 불행한 걸까 슬픔 없이 슬픔을 이야기하는 사람은 슬픈 걸까 무심해지는 걸까 무감해지는 걸까 아니, 아니지만 질문도 기도도 어쩔 수 없어서 자꾸 부엉이처럼 운다 우습다면서 눈물을 흘린다 웃는 거라면서 우는 소리를 낸다 새들의 무덤이 어디냐고 물으면 죽은 새들이 대답할까 날갯짓을 할까 작은 바람이 불까 책장이 넘어갈까 중요한 건 부엉이가 부엉이를 먹는다는 사실, 부엉이 속에 부엉이가 들어 있다 살과 뼈와 깃털과 발톱까지 겹겹의 부엉이로 이루어진 부엉이는 추운 나라 인형처럼 똑같은 일을 되풀이한다 아니 되풀이된다 내부와 외부가 뒤섞이고 원근이 사라진다 선택하고 선택당하는 바로 그곳이 새들의 무덤, 마침내 아무 일도 일어나지 않는다 퍼덕거려도 나갈 수가 없다 타버린 검은 숲으로 언젠가 푸른 숨이

———

이 세계의 끝

늙은 신이 박수치며 걸어온다

덩굴장미무늬 스커트를 입고
두 팔을 앞뒤로 흔들 때마다

출렁거리는 저 복장(腹藏) 속에
무엇이 들어 있을까

지상을 떠받드는 열주 사이로
번지는 파동을 따라 걷는다

기억하세요,
우리는 모두 죽을 운명입니다

외치는 수도사들처럼
확신에 찬 걸음걸음

그러나 끝없이 벌어지는
시커먼 저 아가리를 좀 봐

단단한 영원을 떠받치고 있잖아

무엇으로도 채울 수 없이
텅 비어 꿈꿀 여력이 없어
차라리 졸고 있잖아

지금 누구에게 하는 말이야

등을 대고 무릎을 대고 어깨를 기댄 채
겹쳐진 사람들 닳아버린 표정이라면
사라지는 분간이라면

운명 같은 게 다
무슨 소용이야

어디 이른 장미라도 피어나는지
떠도는 향기를 찾아 눈을 감으면

기도처럼 어린 초록이 풀어지고
머리칼은 꽃잎처럼 가벼워
다디단 숨이 황홀해

오늘도 참 바쁜 하루였다 애썼어
화장도 못 지우고 누울 때

심장도 동시에 멈춰버린다면
그것이 유일한 나의 복장이 된다면

그 끝에는 또 무엇이

우리들에게 새는 영원히

———

내려앉는 새들의
순간의 망설임을 본다
앉아도 될까, 묻는 사람처럼
조심히 작은 발을 활짝 펴고
앉자마자 재빨리 바투 쥐겠지
도전하는 평행봉 선수의 두 손처럼
불안의 귀퉁이를 움켜쥐고서

당신은 말한다
슬그머니 날아가는데
아무리 불러도 오지 않더라
몇 번이고 창이 열려도 괜찮았거든

당신이 완전히 믿는 순간을
기다렸을 거야 반드시 도망치려고
그 어깨에 깃털을 비비면서
아무데도 가지 않을 것처럼
다정하게 굴었을 거야

———

오른쪽으로 도는 자가 있다면
왼쪽으로 도는 자가 있다면
늘 바로 서는 자들은 어떤가

바로라는 말을 알고 싶어서
거꾸로 서거나 누우면서
기꺼이 구겨지면서

단 하나의 날개를 망가뜨린다면
실수로 켜지거나 꺼진다면 아예
사라져버린다면 그것은 어떤가

나는 날개를 펼치며 발끝에 힘을 준다, 그러나
누구의 어깨에도 내려앉은 적이 없다는 것을
기억해낸다 그것을 내가 믿지 않는다 해도

내려앉는다 날아간다, 그것은 순간의 일
그러나 우리들에게 새는 영원히

4부

당신의 비치는
누구입니까
어디입니까

플리스 플리츠 플러스

——

 이 옷은 마음에 맞아 마음에 들어온다 마음을 헐벗으면 가난해 부끄럽다 조금이라도 마음을 가리고 싶다 마음을 어디에 버리고 왔나요, 의심받는 것도 싫고 잃어버리고 찾아다니는 건 힘들다 벌거벗은 허리에 맨 줄 하나로 성장하는 원주민의 전통을 이해할 수 있다 선 하나로 영영 나뉠 수도 있는 법이다

 플리츠 원단을 처음 만든 사람은 누굴까 왜 주름을 원했을까 펴지지 않는 주름을 만들기 위해 얼마나 많은 주름을 잡았을까 뜨거운 것으로 무거운 것으로 교정한다는 듯이 완전히 다른 운명을 만든다는 듯이 생지 속으로 걸어들어갔겠지 이래도 안 풀리니 이래도 이렇게까지 해도 안 풀리니 정말로 약속할 수 있니

 그러나 펴질 수 있다 회복되는 것이다 돌아가는 것이다 피폭지에 다시 피는 풀꽃처럼 폐허 위에 모여드는 기도처럼 몇 번이고 또다시 기억해내는 온전한 바탕이 있다 처음으로 처음의 처음으로 처참도 결박도 잊고 주름 한 점 없던 기원을 기억해내는 것이다 주름 풀린 원단은

——

실패한 가공, 그러나 살아났다고 이겨냈다고 펄럭거릴 것이다

완성된 재킷에 단추를 달고 단춧구멍을 낸다 그 구멍으로 나오는 건 단추뿐, 슬픔이나 기쁨이나 용서나 후회 그런 건 나올 수 없다 다 내부에 넣어둔다 없는 주머니가 불룩하도록 잔뜩 넣을 수도 있다 단추는 조개껍질빛, 진짜 조개껍데기로 만들었다는 설명을 더했다

빛이 드는 바다에서 유영하는 조개가 하나 둘 셋, 스페어까지 넷이지만 여분을 잃어버리면 어쩌지 여분의 여분은 필요하지 않을까 여분의 사람 여분의 사랑 여분의 생이 있으면 좋을 텐데 이런 상상 최악이지 단 한 번인 삶의 외전에서도 불가한 일이지 잘 알면서 왜 또 그래

검은 물결 위로 흰 조개들이 떠오른다 조개를 열면 검은 재킷이 열리고 재킷을 열면 숨겨둔 마음들이 쏟아진다 그러니까 반드시 취급주의

———

다만 귀를 기울이면서

———

　거기 사람이라고 말하려는데 사람 거기라고 말했다 사랑을 하듯 일하자는 게 일을 하듯 사랑하자고 했다 순서가 바뀌면 심장이 엉뚱하게 뛴다 살고 싶지 않다는 말과 죽고 싶다는 말은 다른가 그런 게 사람이냐는 말과 그런 게 사람이라는 말은 다른가 타려던 차를 놓친 사람과 놓칠 뻔한 차에 오른 사람은 서로 패를 바꾸는 것일까 우연 같은 운명과 운명 같은 우연 속에서 이쪽을 선택하고 저쪽을 폐기하면서 단 한 음절로 세간의 빛을 가르는데 우리는 돌아가는 중일까 돌아오는 중일까 잘 알면서 알지도 못하면서 뭐라고 답을 할까 그건 쉽지 않은 일이야 어렵지 않은 일이야 같은 표정으로 다른 말을 할 때 다른 표정으로 같은 말을 할 때 말하지 않아도 전해지는 마음과 말로는 전할 수 없는 마음은 다 어쩌지

———

난(難)

난청이라 했다 난임이라고 한다
어렵다는 말을 앞에 두면 두괄식 같다
결론난 것 같다 게임 끝난 것 같다
그럼에도 몹시 원한다는 말 같다

어려운 것에 길들어 어지간해서는
그게 어렵다는 것을 잊어버린다
무용하여 폐기하기도 한다

태어나기를 난세인데 어쩔 것인가
난제인데 도저히 더는 아니,
그런 말도 하다 말겠지 역시
아무 말도 하지 않는 쪽으로

어려울 난(難)은 새추(隹) 부수를 쓴다
잡기 어려운 새라는 뜻이었을까
잡기 쉬운 새도 있을까
죽은 새는 새라고 부르지만
날 수 없다면 새가 아닌데

아니, 선명한 날개가 있으니
새라고 불러주면 좋겠는데

새 아닌 새는
가장 새였던 기억을
남겨두었을 텐데

새 한 마리
창가에 앉아 있다

없던 것에서 생겨났겠지
차곡차곡 형상을 갖게 되었겠지
무엇을 더하면서 허공의
걸음마를 시작했겠지
더욱더 어려워지기 위해
깃털이 더해지거나
가벼워지기도 했겠지

너는 미간을 찌푸리면서
얼마나 어려운지 거의
불가능한지 설명하고

나는 더듬더듬 끄덕이면서
미소 지으면서 획순을 따라
열아홉 획을 써본다

제 자리에 바로 서려는 다짐에도
획마다 기대고 교차하고 통과하고
빠져나가면서 몇 번이고
아슬아슬 어지러운데

어렵다는 말과
불가능하다는 말은
전혀 다른 것,

완전한 폐곡선을
힘껏 빠져나가자고

햇녹차를 내린다

찻잔 바닥엔
어린 새 발자국이

새로 이해하기

냄비 속에 가라앉은
새의 눈알은 희게 변하겠지

희디희다고 눈 내리는 것 같다고
멈추지 않는다고 뜨거운 눈이라고
담백한 맛이라고 생각할지 모른다

벗어나려고 날갯짓을 멈추지 않을지 모른다
앉은 자리에서 스스로 불타오르는 사람처럼
둥근 내부에서 폭발할지도 모른다

살점을 발라낸다

뼈와 살로 분리된 이것은 새인가
헝클어진 내부는 새인가
죽은 새는 새인가

새가 아니라면 무어라 부를까

세상에 없는 당신을 당신이라 부르듯
새는 언제까지나 새라고 부를 수밖에

새였던 새는
다시 새로 태어날까
새였던 기억을 전부 잊고
새로운 새가 될까

카르마,
카르마라서
새를 먹는 인간을 먹는
새가 되는 건 아닐까

졸아든 국물이
솥의 내부에 둥글게 달라붙겠지
시들어버린 화관 같겠지
부서질지도 몰라

새가 물어 온

나뭇가지 같은 것을 닮았을까
지울 수도 버릴 수도 없을 텐데

주방 가득
증기로 변해버린 새는
호흡되고 스며드는 새는

벽이 되고 창이 되고
수전이 되고 문이 되고
무심한 요리사의 손이 되어

제가 끓던 솥을 닦는 내내
모든 곳을 날아다니는 새는

새를 완전히
이해하게 되었을까

잇새에 낀 깃털을
한없이 씹는다

우리의 두 손

———

어디까지 보이는 것일까, 몰라서
섬의 옛 사진을 그 눈앞까지 올린다

정말 중요한 것은
보이지 않을지도 모른다

맹점처럼 시신경을 짊어지고
혈관의 통로가 된 채
무심해지는 것일 수 있다

봉우리가 사라진 섬 이야기,
깎여나간 살점은 골재가 되어
도시 곳곳에 박혀 있다고
점점 낮아지는 섬의 정수리가
키가 줄어드는 인생 같다고

사라지는 대신 나타나는 것이 있고
오래 사라지지 않는 것도 있다고

———

최초가 된 아파트며 다시 지어진 다리며
이름의 처음들까지 증명해 보인다

살아남은 부분이 나머지를 지탱한다고
느낄 수 없는 절반이 나머지를 끌고 간다고

그는 차가운 왼손을 쓰다듬고
나는 그 오른손에 손을 얹는다

비가 오는가, 그가 묻자
장대비가 쏟아지기 시작한다

모눈 사이를 걸을 때

———

  불안과 불면의 모눈 사이를 헤맨다 너의 병에 대해 들었기 때문이야 너는 부러 괜찮은 척하지만 나는 그럴 수가 없다 수건돌리기처럼 슬쩍 던져두고 가는 운명에 담담해질 수가 없다 호흡을 한없이 길게 해도 눈을 감고 명상에 들어도 검은 불길이 볼을 핥는다

  안다, 외줄을 걸을 때 거대한 지면 같은 걸 상상해선 안 된다 그저 걷고 있다는 감각에만 집중해야 한다 모눈이 가로줄과 세로줄의 교차로 생긴 사각형이라면 선명한 감정이란 하나씩의 점에 불과할 뿐 생활은 그저 빈 사각형에서 이루어지는 것, 시린 눈을 하고 내부에만 몰두하자

  영상통화한다 함께 춤을 추자고, 너는 웃으며 어디냐고 묻는다 우리 피자 먹던 데 있잖아 그때 맛있었잖아 문래 지난다 물레 돌아가는 소리가 들리는 듯하다 걸음걸음 무명실 이어지는 거 같다 물레는 멈추지 않을 것 같다 끊어진 실이라면 이으면 된다 길고 긴 실이 이어지고 있다 내가 사라질 때까지 다 영원하다 우리는 웃고 울고, 숨쉰다

———

안부

함께 살 수 없게 된
사람 없이 살 수 있을까

몹시 사랑하여 불행해졌지
그 검은 마음에 들어

거리는 공동의 묘지 같다
이정표들은 묘석처럼 빛나고

자동차는 급발진하고
토사는 쏟아져내리고
경솔한 파도는 날아오고
골목 겹겹이 쓰러지는 사람들

나는 자꾸 눈이 감기네

죽은 쥐들이 뒹구는 계단을
올라가거나 내려가거나
같은 곳에 이르게 된다면

끝없이 되풀이할 수 있지만
끝없는 절망일 뿐이라면

플롯에 대해서는 모르고 싶어
시제는 지워버리고 싶어

몇 번이고 연락이 되지 않는
당신이 누구인지 잊어버리고
내일 처음 만날 수 있다면

에테르로 가득한 대기 속에서
기다리고 있습니다,
알고 있습니까

아무것도 아닌 것이
무한을 완성할 거예요

식물원

식물들은 두려울 때 이파리를 흔든다지
그렇게 다른 식물들에게 위기를 전달한다고
두렵지 않았다면 살아남지 못했을 거라고

너는 손을 몹시 떤다
불면 때문이라고 약 때문이라고 말하지만
두려웠을 거야 그래서 너도 살아남았지

식물원의 유리벽이 크게 흔들린다
두려운 걸까 살아남으려는 걸까

누수가 되는지
흰 계단은 젖기 시작하고
틈새마다 차갑게 차오르는데

우리는 손깍지를 끼고서
떨고 있는 세상을 내다본다

폭우 속에서

죽음에 대해 이야기하는 건

간곡한 고백 같고

어쩌면

영영 자랄 것 같다

두 손이 필요한 이유

웃어봐, 그는 말한다 웃지 마, 그는 말한다 조금 웃었던가 웃지 않았던가 웃는 듯이 우는 듯이 일그러지는 반복이라면 계단을 뛰어내려가는 쥐들 흔들리는 수레국화의 그림자 분수처럼 떨어지는 불꽃, 죽음은 어디서든 괜찮다 만일 괜찮지 않다면 7일 밤과 7일 낮이 이어지고 폐차장 성당 클럽 중국집을 지나 출몰하는 들개들, 그것이 사랑하던 그 짐승이었다면 손을 내밀면 다가올 듯 휘파람에 귀를 쫑긋거리다가 던지는 공을 바라보다가 그렇지, 이리 와 이리 오렴 그러나 결코 오지 않는다면 적당히 해, 그가 소리친다면 그것은 개와 들개의 절반 미치거나 미치지 않거나 미쳐가거나 절반의 절반의 절반 그러니까 겁먹은 자세로 꼬리를 숨긴 채 한 손에는 LOVE 그러나 양손이 늘 다른 말을 한다면

우리는 어디로 가지

———

머리를 빗어요 그다음에 양말을 신어요 한 번에 한 가
지씩 합시다 자, 입을 벌리고 밥을 넣는다 이제 씹어요
이렇게 앙앙 위아래 이를 부딪쳐요 그리고 삼켜요 꿀꺽
입 벌려봐요 아, 해봐요 아직 있잖아 물을 마셔 이제 눈
을 감아요 잠을 잡시다 이런 일들은 영원 같아 견딜 수
없어 결국 버리러들 오는데 아무도 줍지 않는다

모두 누워 있지 아무도 아무 말도 하지 않거나 해도
듣지 않거나 닳아빠진 시트 위 똑같은 표정으로 그림자
처럼 단정하게 기다리지만 허기는 지워지지 않는다 기울
어지는 해를 지나 기울어지는 달을 지나 삐걱삐걱 내리
막길에 방치된 수레 같아 전속력으로 부서지고 싶지만
달릴 수도 떨어질 수도 없어, 그저 숨만 쉬고 있을 뿐

한 자리가 난다는 건 한 사람이 사라졌다는 것 그의
옆에는 비슷하게 짧은 머리, 삽관을 한 사람 손은 결박
된 채 결말을 알고 있는 듯 고요한 얼굴인데 이미 떠나
가고 있는 걸까 위층은 노래방 아래층은 갈빗집, 소란은
어디로 가지 연기는 어디로 가지 우리는 어디로 가지

———

잊지 말고 눈 꼭 감기

이름이 뭔가요 나이는요 지금 언제인가요 여긴 어딘가
요, 그런 건 산 사람은 잊고 사는 것 그렇다면 내 차례가
둘러선 사람들, 나 좀 봐요 나 몰라요 나잖아 나 당신
아이 배우자 뭐든 평생 운명이잖아 시간에 대해 생각해
볼 수도 있겠지 손잡이도 입구도 형체도 없는데 끝까지
알 수 없다니 원래 없던 것일까 무슨 말이든 남기고 싶지
어려운 질문이라 표정이 일그러져 있을까 몇 주 며칠만
으로도 바싹 말라 비슷해지는 얼굴은 흔한 골상학 표본
같을까 구멍구멍 눈코입을 상상해보아야 할까 아름다
웠으면 좋겠지만 내가 알 바 아니지, 다만 눈은 꼭 감았
으면

Beautiful Beach

———

Beautiful Beach라고 적힌
흰 티셔츠를 입은 노인을 보았다
해변을 뛰어다니는 소년 소녀가
입을 것 같은 디자인이다
나이와 티셔츠가 무슨 상관이야
편파적이고 부당하고 어리석구나
beach를 bitch라고 읽고 싶어
비치는 아름다우니까
세상에 아름다운 비치는 많아서
저마다 다른 이름을 붙여주기도 할 거야
비치는 바뀌기도 하고 사라지기도 하니까
이름이 있거나 없거나 당신의 비치는
누구입니까 어디입니까 묻는다면
눈을 감고 곰곰이 그리워지면서
돌아간다면 무한한 비치를
이해하고 있다는 뜻

혁명가의 얼굴이 붉게 새겨진
검은 티셔츠를 입은 사내가 말했다

———

빨리 가서 빨리 일해야지 그래야
빨리 퇴근하지 그러고는
녹초가 되어서 잠들겠지
다시 깨어날 수 없을지도 모른다
불운한 가능성에 대해서는 골똘히
생각하지 않는 편이 낫다

얼마나 아름다운지 얼마나 피로한지
얼마나 아는지 모르는지 그게 무엇인지
모르는 채 입과 항문이 하나인
벌레 같은 것을 떠올리고 싶었지만
인간의 형상만 떠올랐다
벌레에 대해서는 잘 모르지만
인간에 대해서는 알 것도 같아
모르는 편이 나을 수도 있겠지만
지금 입을 향하는 건지 그 반대를
향하는 건지 궁금해졌다 어차피
이어져 있겠지만 어느 쪽에 가까운지
손가락을 입에 넣고 누르면

튀어올라오는지 늦었는지
그만, 그만

지상으로 올라가
아주 작은 흰 꽃과 푸른 자전거를 본다
그걸 보려고 나온 듯이
붉은 꽃이 가득한 손수건을 주워서
나뭇가지에 걸어두었다
그걸 하려고 나온 듯이
춤을 추며 건널목을 건넌다
두 팔과 짧은 목을 뒤틀면서
공룡처럼 성큼성큼 걸어간다
자동문이 열리면 들어가서, 우리
오늘도 안녕할까요

최선의 나무

겁먹은 짐승이라고 생각했지, 처음에는
알고 보니 용맹하고 끈질긴 최선이었어

어떻게 저런 식으로 사냐,
비웃는 사람들 그러나

허리를 수그리고 있는 저 나무를
이해하려면 반복적인 날씨가 필요하다

북서풍이 불어오는 산정에서
나무는 남동쪽으로 포복하며

살아남기를 멈추지 않는다
살기 위해 차라리 눕는다

얼마나 단단해졌는지
뿌리는 또 얼마나 굳센지
이력이 나서 웬만해선 끄떡없다

그러니까 기꺼이 반전을
반전의 반전을 몇 번이고

싸워 이기려 애쓰기보다는
고개를 숙이고 선선히 완패를

정말 죄송합니다,
고개 숙이고
허리까지 구부린 채
입꼬리를 올린 저 사람은

무릎도 꿇을 수도 있다
그럼요, 그럼요
얼마든지

해설

타인의 마지막을
상상하는 일

고봉준(문학평론가)

김박은경의 시집 『의심하세요』에는 '죽음'에 관한 이야기가 많다. "떨어지는/ 푸른 칼날"(「윤활하는 견습」)에 희생된 제빵 공장 노동자의 죽음, "출근하다가 앉은 채로/ 죽은 사람"(「조심은 마음을 잡는 일」), "폴리스라인을 뚫고 드러난 비대칭의 얼룩들"(「미제레레 노비스」)로 남겨진 범죄의 희생자, "아이 얼굴이 영정사진과 닮은"(「중얼거렸다」) 가까운 사람의 장례식, "사람을 삼켜버리는 구멍"(「홀인원」)으로 표현된 맨홀 작업자의 사고사, "우리라는 붙이들의 죽음"(「천개天蓋」)을 연상시키는 가족의 죽음, "한 자리가 난다는 건 한 사람이 사라졌다는 것"(「우리는 어디로 가지」)임을 깨닫게 하는 요양병원에서의 죽음……. 김박은경의 시에서 '죽음'은 가족이나 지인 같은 가까운 사람의 죽음에 한정되지 않으며, 일상의 질서를 뒤흔드는 예외적인 사건도 아니다. 그녀의 시에서 '죽음'은 우리의 삶에, 일상에 이미−항상 존재하는 것, 우리가 죽음을 마주하고 살아가는 존재라는 사실을 환기한다. 우리의 인생은 온통 불확실한 것들로 가득하다. 하지만 언젠가 우리가 죽는다는 한 가지 사실만은 확실하다. 게다가 타인의 '죽음'은 어느 정도는 예외적인 경험이라고 말할 수 있지만 실상 우리는 누군가의 죽음을 통해 비로소 삶에 대해 생각하거나 살아 있음을 실감하기도 한다. 이런 의미에서 김박은경의 시는 죽음이 삶의 조건임을 보여주기도 한다.

프랑스의 철학자 블라디미르 장켈레비치는 삼인칭, 즉 내가 모르는 사람의 죽음은 인구학적, 통계적 개념 같은 추상적 의미만 있을 뿐이라고 주장했다. 그는 오직 이인칭의 죽음, 즉 '그대'의 소멸만이 영원한 부재라는 특별한 철학적 경험으로 이어진다고 강조했다. 하지만 김박은경의 시에서 '죽음'은 인칭의 문제에 설명되지 않는다. '죽음'에 관한 한, 그녀의 시는 얼굴도 이름도 모르는 타인, 즉 '그'를 이인칭으로 간주하기 때문이다. 이 지점, 그러니까 삼인칭의 죽음이 이인칭의 죽음처럼 경험될 때가 바로 시가 시작되는 순간이다.

빠르게 목을 비튼다

순간의 시작이라는 듯
전체가 매달려 있다

그곳으로부터 기울기 시작한다
탁자가 소파가 베란다가 현관이
그 방향으로 기울어지고 있다
고개를 옆으로 하고서
본 적 없는 곳을 향하고 있다

죽어가잖아,
그런 말은 하고 싶지 않다
그런 말은 안 된다

기울어진 세계를 지탱하는 것은
가장 약해진 부분 그것은
가장 찬란했던 것

자꾸 부르면 기대고 싶어서
줄기에 줄기를 얹고 싶어서
살고 싶어서 뒤엉키게 된다

어떤 포옹은 면벽 같아서
두 팔이 툭 떨어지고

부질없이 물을 갈아주는 일은
늦어버린 고백 같다

입안에 고이는 말은
어디에도 닿지 않는다

손을 씻고 밥을 안친다

데친 나물은 죽은 꽃대 같아
질기고 쓴 것을 씹으며
조금 더 기울어지는
저녁

—「경사도」 전문

경사도는 수치로 표시한 지면이나 도로의 기울기이다.
하지만 이 시에서 경사도는 '죽음'의 기호이다. 여기에서

'죽음'은 '줄기' '꽃대' "물을 갈아주는 일" 등처럼 일차적으로 식물의 죽음으로 제시되지만, 그 이면에는 인간의 죽음이 자리하고 있는 듯하다. 시인은 화병 속의 꽃이 시들어 목이 꺾이는 장면에서 '죽음'을 본다. 화병에 꽂힌 꽃은 수직적 형상을 유지할 때 살아 있다. 반면 수직 상태를 유지하고 있던 생명이 수평 방향, 아니 그 아래로 목을 꺾는 것은 죽음이 시작되었음을 의미한다. 이러한 경사도의 법칙은 인간에게도 적용될 수 있다. 가령 "출근하다가 앉은 채로/ 죽은 사람"(「조심은 마음을 잡는 일」)의 형상을 상상해보자. 그의 마지막 형상도 화병 속에서 시들어 목이 꺾인 꽃의 모습과 다르지 않았을 것이다. 이런 점에서 "빠르게 목을 비튼다"라는 도입부의 진술은 꽃과 인간 모두에게 해당한다고 말할 수 있다. "죽어가잖아,/ 그런 말은 하고 싶지 않다/ 그런 말은 안 된다"는 진술처럼 시인은 이 상황을 '죽음'이라고 표현하지 않으려 한다. 그녀는 다만 기울어진다고 말할 뿐이다. 이 시의 출발점은 "기울어진 세계를 지탱하는 것은/ 가장 약해진 부분 그것은/ 가장 찬란했던 것"이라는 시적 발견이다. 화병 속의 꽃이 시들어 바닥을 향해 목을 꺾고 매달려 있는 장면을 상상해보자. 식물의 줄기에서 "가장 약해진 부분"이 한때 "가장 찬란했던 것"을 떠받치고 있는 장면이 떠오를 것이다. 그리고 이 형상이 인간에게 적용될 때, 예컨대 "출근하다가 앉은 채로/ 죽은 사람"(「조심은 마음을 잡는 일」)에게 적용될 때, '식물'의 죽음과 '인간'의 죽음은 하나의 풍경으로 포개진다.

그러나 시인의 관심은 죽음의 형상을 발견하는 것보다 "자꾸 부르면 기대고 싶어서/ 줄기에 줄기를 얹고 싶어서/ 살고 싶어서 뒤엉키게 된다"는 진술에 있는 듯하다. 이것은 죽음을 목격한 사람의 목소리가 아니라 죽음의 주체, 즉 '꽃'과 '사람'의 목소리처럼 들린다. 누군가의 부름이 생(生)에 대한 의지를 불러일으킬지도 모른다는 생각, 김박은경의 시에서 죽음은 증언의 대상이 아니라 상상의 대상이다. 이 상상을 통해 시인은 잠시나마 타인의 세계로 건너간다. 타인의 삶에 대한 상상은 "늦어버린 고백"처럼 부질없는 일일지도 모른다. 실제로 우리는 타인의 죽음에도 불구하고 일상, 즉 "손을 씻고 밥을 안" 치는 일을 포기할 수 없다. 삶이 예고 없이 찾아오는 죽음에 의해 종결된다고 생각하면 한없이 비극적으로 느껴지지만 "질기고 쓴 것을 씹으며" 하루를 살아야 하는 것 또한 우리의 운명이기 때문이다. 시인은 이 비극적인 삶의 풍경을 "조금 더 기울어지는/ 저녁"이라고 표현하고 있다.

머리를 빗어요 그다음에 양말을 신어요 한 번에 한 가지씩 합시다 자, 입을 벌리고 밥을 넣는다 이제 씹어요 이렇게 앙앙 위아래 이를 부딪쳐요 그리고 삼켜요 꿀꺽 입 벌려봐요 아, 해봐요 아직 있잖아 물을 마셔 이제 눈을 감아요 잠을 잡시다 이런 일들은 영원 같아 견딜 수 없어 결국 버리러들 오는데 아무도 줍지 않는다

모두 누워 있지 아무도 아무 말도 하지 않거나 해도 듣지 않거나 닳아빠진 시트 위 똑같은 표정으로 그림자처럼 단정하게 기다리지만 허기는 지워지지 않는다 기울어지는 해를 지나 기울어지는 달을 지나 삐걱삐걱 내리막길에 방치된 수레 같아 전속력으로 부서지고 싶지만 달릴 수도 떨어질 수도 없어, 그저 숨만 쉬고 있

을 뿐

　한 자리가 난다는 건 한 사람이 사라졌다는 것 그의
옆에는 비슷하게 짧은 머리, 삽관을 한 사람 손은 결
박된 채 결말을 알고 있는 듯 고요한 얼굴인데 이미 떠
나가고 있는 걸까 위층은 노래방 아래층은 갈빗집, 소
란은 어디로 가지 연기는 어디로 가지 우리는 어디로
가지

　　　　　　　　　　─「우리는 어디로 가지」 전문

　죽음은 맨홀 노동자나 제빵 공장 노동자의 산재(産災)처
럼 급작스럽게 찾아오기도 하지만 반대로 요양병원에서
맞이하는 임종처럼 느린 속도로 진행되는 사건으로 경험
되기도 한다. 이 시의 공간은 요양병원이다. 그곳의 "위
층은 노래방 아래층은 갈빗집"이 위치하고 있다. 초고령
화 사회에서 우리들 대부분은 도심 곳곳에 위치한 이곳
에서 긴 투병생활을 하다가 죽음을 맞이할 운명이다. 모
두가 "똑같은 표정"을 하고 "닳아빠진 시트 위"에 누워
서 누군가를 기다리고 있는 곳, "결국 버리러들 오는데

아무도 줍지 않는" 곳, 우리 사회에서 요양병원은 바로 그런 공간이다. 1연에 등장하는 목소리의 주인은 그곳에 근무하고 있는 요양보호사로 추측된다. 나이가 들면 다시 어린아이가 된다는 말처럼 요양병원에 입원한 노인들은 타인의 도움 없이는 몸조차 제대로 가눌 수 없는 존재들이다. 이 비극적 풍경을 통해 시인이 말하려는 바는 무엇일까? 그것은 "아무도 아무 말도 하지 않거나 해도 듣지 않거나 닳아빠진 시트 위 똑같은 표정으로 그림자처럼 단정하게 기다리"고 있는 노인들의 내면일 듯하다.

시인은 "그림자처럼 단정"하게 누워 외부의 자극에 아무런 반응도 하지 않는 그들의 내면에서 벌어지는 일을 상상한다. 지워지지 않는 허기, "내리막길에 방치된 수레"와 같은 처지라면 차라리 "전속력으로 부서지고" 싶다는 마음, 그리고 "한 자리가 난다는 건 한 사람이 사라졌다는 것"이며 자신의 차례가 머지않았다는 '결말'에 대한 예감……. 이것은 분명 상상된 것이다. 우리는 타인의 마음을 알 수 없다. 브래디 미카코의 말처럼 우리는 결코 타인의 신발을 신어볼 수 없다. 이때 신발은 "한

사람의 인생이며 생활이자 환경이고, 이로 인해 만들어
진 독특한 개성과 마음과 사고방식"을 가리킨다. 타인의
신발을 신는다는 것은 그 사람이 되어보는 일이며, 그것
은 원리상 불가능하다. 우리가 아는 타인의 마음은 언제
나 상상의 산물일 수밖에 없다. 상상이란 무엇일까? 그
것은 타인의 자리에 자신을 놓아보는 행위이다. 그런 한
에서 상상은 우리가 타인의 삶을 이해하는 방식의 하나
이다. 개인의 내밀한 삶은 결코 공유될 수 없다는 점에서
단독적 사건이라고 말할 수 있다. 하지만 타인의 죽음을
접할 때마다 우리의 일상적 리듬에 미세한 단절이 생긴
다면 다르게 말할 수도 있을 듯하다. 우리는 간혹 누군
가의 부고를 접할 때마다 심장이 아주 잠깐씩 멈추는 듯
한 느낌을 받는다. 그 순간 누군가는 죽은 이의 마지막
표정을 떠올리거나 그가 살았을 하루를 조용히 복기
(復記)해보려고 노력할 수도 있다. 타인의 죽음에 대한
시인의 반응이 바로 그렇다. 이러한 '상상'은 타인의 죽
음을 '삼인칭의 죽음'에서 구해낸다. 그 순간 죽음은 우
리가 공동의 세계에 살고 있다는 사실을 일깨운다. 이 시
의 제목에 등장하는 '우리'라는 대명사는 바로 이 공동

성을 표현한 것이다. 생물학적인 의미에서 모든 죽음은 개인의 죽음이지만, '타인'의 죽음에 반응할 때 그 '죽음'에는 '나'의 몫도 존재하기 마련이다.

　당신의 붙이들이 모여든다 붙이들은 모여든다 달라붙었다가 떨어지고 안아주고 등을 쓰다듬어주고 그래 그래 이해하고 용서하며 돌아오고 더욱 돌아오며 무슨 말을 되풀이한다 그것은 꽃이거나 향이거나 초 같은 것, 속절없이 말라비틀어지기 시작하는 잎사귀와 꽃잎의 가장자리 너머 재 위로 재가 쌓이고 촛농 위로 촛농이 쌓이고 마치 열매처럼 부풀어오르도록 몇 번이고

　다들 제 속의 것으로 버틴다 제 속의 다짐 제 속의 믿음 제 속의 기도 너머 제 속의 피와 살과 뼈와 숨으로 하나 둘 셋 소진하면 끝이 날 텐데

　당신이 죽자 나도 죽어버렸고 내가 죽어버려서 당신은 더욱 죽었으니 우리라는 붙이들의 죽음은 줄줄이

이어져 켜켜이 쌓이겠지 이윽고 눈이 없고 귀가 없고 코가 없고 혀가 없고 몸이 없고 생각이 없어서 무슨 현상이랄 것도 없겠지 누가 나를 향해 소리치는데 입을 벌렸다 닫았다 어지러운 소란인데 뭐라고요, 무슨 말인지 모르겠어요 순서가 엉킨다 체액이 엉긴다 손끝이 도마뱀처럼 부풀어오른다 아뜩한 시공간쯤에 달라붙었는데 떼는 법을 모르겠다 끝까지 알 수 없을지도 모른다

당신은 단정한 얼굴 무심한 얼굴 이상한 얼굴 타인의 얼굴 이토록 편안해 보이는 게 얼마 만인가요 살짝 벌린 입을 향해 귀를 기울인다 당신이 마침내 알아낸 것을 향해 어떻게든 일러주고 싶을 어떤 것을 향해 그러나 모르겠다 끝까지 알 수 없을지도 모른다

—「천개(天蓋)」 부분

이것은 이인칭, 즉 '당신'의 죽음에 관한 이야기이다. "공항까지 십 분"이라는 진술에서 짐작할 수 있듯이 화자는 비행기를 타야 도달할 수 있는 먼 곳에서 '당신'의

부고를 듣고 서둘러 귀국길에 오른다. 소식을 듣고 "당신의 붙이들"이 몰려들고, "하나 둘 셋 식순대로 당신의 최종"을 알리는 장례 절차가 마무리되고, 마침내 '당신'이 "화염과 재를 고스란히 통과"한다. 화자는 한 줌의 재로 변한 '당신'이 "무이네 사구의 모래알보다 곱고 뜨끈하고 습하고 형상의 기억을 따라 다시 뭉치려고 안으려고 품으려고" 한다고 상상한다. '당신'의 죽음은 '나' 아닌 다른 사람의 죽음이지만, '나'의 죽음과 가장 유사한 죽음이라는 점에서 각별하다. "당신이 죽자 나도 죽어버렸고 내가 죽어버려서 당신은 더욱 죽었으니 우리라는 붙이들의 죽음은 줄줄이 이어져 켜켜이 쌓이겠지"라는 진술이 바로 그것이다. '당신'의 죽음은 '나'에게 돌이킬 수 없는 상실을 가져다준다. 이것이 '당신'의 죽음이라는 사건에서 우리가 발견하는 것이 '당신'의 죽음만이 아닌 이유이다. 또한 이것이 '당신'의 죽음과 '그'의 죽음 사이의 차이일 것이다.

우리는 '당신'의 죽음에서 '나'의 죽음을 예감하며, 이런 이유에서 '당신'의 죽음은 '나'의 죽음을 경유하여 "우리라는 붙이들의 죽음"으로 확장된다. 그런데 여기에서 화자의 관심은 두 방향으로 분열된다. 한편으로 화자는 '당신'의 죽음을 슬퍼하고 그것에서 자신을 포함한 '우리'의 죽음을 본다. 그러나 다음 순간 화자는 "눈이 없고 귀가 없고 코가 없고 혀가 없고 몸이 없고 생각이 없"는 상태, 즉 죽음으로 인해 모든 감각이 멈춘 상태를 상상한다. "누가 나를 향해 소리치는데 입을 벌렸다 닫았다 어지러운 소란인데 뭐라고요, 무슨 말인지 모르겠어요 순서가 엉킨다 체액이 엉긴다 손끝이 도마뱀이 부풀어오른다 아뜩한 시공간쯤에 달라붙었는데 떼는 법을 모르겠다"라는 진술이 그 상상의 내용이다. 이처럼 시인은 이인칭의 죽음 앞에서도 그것을 슬퍼하는 데 그치지 않고 모든 감각을 잃어버린 죽은 자의 내면에서 벌어지는 사태를 상상한다. 우리는 타인을 온전히 경험할 수도, 이해할 수도 없다. 그것은 불가능하다. 타인에 대한 우리의 상상은 필연적으로 오해일 수밖에 없고, 그것은 "숨겨진 오해를 이해할 수 있을 때까지 부단히 연습"(「소유격」)한다고 해서 해결되지 않는다. 하지만 이 불가능성이 타인에 대한 우리의 모든 태도를 정당화해주지는 않는다. 궁극적으로 이러한 불가능성이 가능성의 조건이기도 하다. 타인에 대한 진정한 이해는 이 불가능성 앞에서 뒤돌아서는 것이 아니라 불가능성에도 불구하고 끊임없이 '나'의 경계 바깥으로 나가려는 노력에서 시작되기 때문이다. 우리는 타인을 온전히 이해할 수 없지만 타인의 일상과 내면을 상상함으로써 그와의 간격을 아주 조금 좁힐 수 있다. 이런 의미에서 이해나 소통은 결과가 아니라 태도의 문제라고 말할 수 있다.

지금 누구에게 하는 말이야

등을 대고 무릎을 대고 어깨를 기댄 채
겹쳐진 사람들 닳아버린 표정이라면
사라지는 분간이라면

운명 같은 게 다
무슨 소용이야

어디 이른 장미라도 피어나는지
떠도는 향기를 찾아 눈을 감으면

기도처럼 어린 초록이 풀어지고
머리칼은 꽃잎처럼 가벼워
다디단 숨이 황홀해

오늘도 참 바쁜 하루였다 애썼어
화장도 못 지우고 누울 때

심장도 동시에 멈춰버린다면
그것이 유일한 나의 복장이 된다면

그 끝에는 또 무엇이

—「이 세계의 끝」 부분

　이것은 타인의 삶, 특히 죽은 자가 보낸 생의 마지막 하루에 관한 상상이다. 이 상상 속의 주인공은 "덩굴장미무늬 스커트"를 입은 여성이다. 시인은 "바쁜 하루"를 보내고 집에 돌아와 "화장도 못 지우고 누"워 있다가 심장마비로 사망한 어느 여성의 사망 소식을 접했던 듯하다. 그리고 삶에 지쳐 쓰러진 그녀의 마지막 하루를 상상하기 시작한다. "무엇으로도 채울 수 없이/ 텅 비어 꿈꿀 여력이 없어/ 차라리 졸고 있잖아"라는 진술은 하루의 삶을 소진해버린 한 직장인이 무거운 몸을 이끌고 밤늦게 귀가하는 장면을 연상시킨다. 늦은 시각, 그녀는 "닳아버린 표정"으로 "등을 대고 무릎을 대고 어깨를 기댄 채/ 겹쳐진 사람들"의 일부가 되어 고단한 퇴근길에 올랐을 것이다. 집에 도착한 그녀는 "오늘도 참 바쁜 하루였다 애썼어"라는 말로 자신을 다독인 후 "화장도 못 지우고 누"웠을 것이다. 그리고 그 순간 그녀의 "심장도 동시에 멈춰"버렸을 것이다. 죽음은 단순한 생물학적 끝이 아니라 한 인간이 인식하는 세계가 소멸하는 단독적 사건이다. 이런 의미에서 죽음은 '세계의 끝'이다. 하지만 한 개인의 죽음이 누군가에게 돌이킬 수 없는 상실로 경험될 때, 그 죽음은 단독적인 사건에서 공유된 사건으로 성격이 바뀐다. 김박은경의 시에서 타인에 대한 '상상'이 그렇다.

시인은 왜 반복적으로 타인의 죽음을 상상하는 것일까? 시인은 이 질문에 대해 아무것도 말하지 않는다. 하지만 우리는 타인의 죽음이 단독자로서의 죽음이 아니라 유한한 존재인 우리 모두의 공통된 운명이기 때문에, 특히 생활을 이어나가기 위해 고단한 삶을 살다가 죽게 될 우리의 운명과 무관하지 않음을 짐작할 수 있다. 시인은 타인의 죽음에서 '나', 혹은 '우리'의 공통된 운명을 읽는다. 시인에게 우리는 "살아남기 위해/ 저마다 최선을 다"(「어번 베어, 베어 도그」)하는 존재이고, 죽어서 한 줌의 재가 되는 것은 "모두에게 도래할/ 궁극적 미래"(「미세주의보」)이다. 우리는 타인의 삶을 온전히 이해할 수 없다. 하지만 이 시집에 등장하는 죽음의 주체들이 생의 마지막 순간까지 '최선'을 다했다는 것은 분명하다. 시인이 타인의 죽음에 대해 각별한 의미를 부여하는 까닭은 그것이 '최선'의 삶이었다고 판단했기 때문일 것이다. 이러한 타인의 '죽음=끝'의 자리에 자신을 놓아보는 일, 그리하여 타인의 마지막 순간을 느껴보려는 몸짓은 타인의 삶에 대한 시인의 윤리이다. 온전히 이해할 수는 없지만 잠시나마 공감하려고 노력해보는 것. 이런 의미에서 타인의 '죽음'에 관한 이야기는 '나' 혹은 '우리'의 '삶'에 관한 이야기이기도 하다.

겁먹은 짐승이라고 생각했지, 처음에는
알고 보니 용맹하고 끈질긴 최선이었어

어떻게 저런 식으로 사냐,
비웃는 사람들 그러나

허리를 수그리고 있는 저 나무를
이해하려면 반복적인 날씨가 필요하다

북서풍이 불어오는 산정에서
나무는 남동쪽으로 포복하며

살아남기를 멈추지 않는다
살기 위해 차라리 눕는다

얼마나 단단해졌는지
뿌리를 또 얼마나 굳센지
이력이 나서 웬만해선 끄떡없다

그러니까 기꺼이 반전을
반전의 반전을 몇 번이고

싸워 이기려 애쓰기보다는
고개를 숙이고 선선히 완패를

정말 죄송합니다,
고개 숙이고
허리까지 구부린 채
입꼬리를 올린 저 사람은

무릎도 꿇을 수 있다
그럼요, 그럼요
얼마든지

—「최선의 나무」 전문

　모든 존재는 "살아남기 위해/ 저마다 최선"(「어번 베어, 베어 도그」)을 다하고 있는지도 모른다. 이런 의미에서 모든 삶은 최선의 삶이라고 말할 수도 있다. 이 최선의 삶 이외에 어떤 삶이 가능할까? 아마도 "적당히 벌어 적당히 먹고/ 적당히 기뻐하고 적당히 근심하고/ 적당히 승리하고 적당히 실패하고/ 적당히 늙어서 적당히 앓다가/ 적당히 죽는 게 가장/ 적당한 삶"(「적당한 삶」)이 가능할 것이다. 김박은경의 시에는 '최선'이라는 시어가 종종 등장한다. 이는 시인이 '삶=일상'을 살아남기 위해 '최선'을 다해야 하는 고단하고 비루한 시간으로 인식하고 있다는 의미이다. 그녀의 시에서 '최선'은 삶에 대한 긍정적 태도가 아니라 주변적 존재들이 생존하기 위해 발버둥치는 모습을 표현한 시어이다.

허리를 깊이 숙이고 있는 나무가 있다. 사람들은 "겁먹은 짐승"의 형상을 닮은 그 나무를 손가락질하며 "어떻게 저런 식으로 사냐"고 비웃는다. 하지만 시인의 눈에 나무의 형상은 "살기 위해 차라리 눕는" 것을 선택한 모습으로 비친다. 산다는 것, 시인에게 그것은 '살아남는 것'과 다르지 않다. 삶이란 어쩌면 싸워서 이기려고 애쓰는 것이 아니라 "고개를 숙이고 선선히 완패"를 선언해서라도 살아남아야 하는 것, 때로는 살기 위해 기꺼이 고개를 숙이거나 허리를 굽혀야 하는 일인지도 모른다. 이러한 삶은 비루하다. 하지만 시인은 바로 그것에서 '삶'의 맨얼굴을 본다. 시인이 최선의 삶을 살다가 한순간 죽음을 맞이한 이들에게 반복적으로 시선을 던지는 이유도 이와 무관하지 않을 것이다. 삶은 언제나 고단하고 비루하며, 우리는 모두 그 속에서 살아남기 위해 최선의 삶을 살다가 불현듯 죽을 운명인지도 모른다. 삶에 대한 이 비극적 인식이 '타인'의 죽음을 '당신'의 죽음으로 번역해내는 원동력일 것이다. 김박은경의 시에서 타인의 죽음은 슬픔과 애도 이전에 안타까움과 불안함을 불러일으키는 복합적인 사건이다. 그것은 죽음의 언어로 쓰였지만 결국 우리 모두가 감내해야 할 운명으로서의 삶에 관한 이야기이다.

의심하세요

초판 1쇄 인쇄 2026년 4월 24일
초판 1쇄 발행 2026년 5월 6일

지은이 김박은경

편집 이고호 | 디자인 윤종윤 이주영
마케팅 김다정 박재원 | 저작권 박지영 형소진 주은수 오서영 조경은
브랜딩 함유지 이송이 박민재 김하연 신은서 이준희
미디어콘텐츠 함근아 김은솔 박다솔 배진성
제작 강신은 김동욱 이순호 | 제작처 한영문화사

펴낸곳 (주)교유당 | 펴낸이 신정민
출판등록 2019년 5월 24일 제406-2019-000052호

주소 10881 경기도 파주시 회동길 210
문의전화 031.955.8891(마케팅) | 031.955.2680(편집) | 031.955.8855(팩스)
전자우편 gyoyudang@munhak.com

홈페이지 www.gyoyudang.com
인스타그램 @gyoyu_books | 트위터 @gyoyu_book | 페이스북 @gyoyubooks

ISBN 979-11-24128-72-5 03810

· 후원 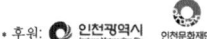 인천광역시 인천문화재단

본 도서는 인천광역시와 (재)인천문화재단의 2026년도 예술창작일반지원사업으로 선정되어 발간되었습니다.